LE DOUTE.

—

ÉPITRE

A MONSIEUR VICTOR DE LAPRADE,

De l'Académie française,

PAR P.-A. BOUTELLIER,

Professeur au Collége de Dieppe.

———

ŒUVRE POSTHUME

Imprimée pour ses amis, par les soins de sa Famille.

———

DIEPPE

IMPRIMERIE D'ÉMILE DELEVOYE, RUE DES TRIBUNAUX, 7.

1864.

LE DOUTE.

ÉPITRE

A MONSIEUR VICTOR DE LAPRADE,

De l'Académie française,

PAR P.-A. BOUTELLIER,

Professeur au Collége de Dieppe.

ŒUVRE POSTHUME

Imprimée pour ses amis, par les soins de sa Famille.

DIEPPE

IMPRIMERIE D'ÉMILE DELEVOYE, RUE DES TRIBUNAUX, 7.

1861.

1862

Ye

39242

NOTICE SUR L'AUTEUR.

L'auteur de la pièce que nous livrons à la publicité est un jeune professeur enlevé aux lettres et à sa famille au moment où il leur donnait les plus légitimes espérances. Paul-Aristide BOUTELLIER, né à Neufchâtel, le 10 octobre 1839, vint à Dieppe dans l'année même qui suivit sa naissance. Son père avait acheté la charge de greffier du Tribunal de Commerce de cette ville, qu'il occupe encore aujourd'hui. Le jeune Boutellier appartient donc à notre cité, sinon par la naissance, du moins par l'éducation qui fait véritablement les hommes.

Après avoir été un élève distingué du collége communal de Dieppe, il en était devenu professeur en 1859, et il y occupait la chaire de septième.

C'est au seuil de la carrière universitaire et presque au seuil de la vie qu'une mort prématurée est venue le surprendre le 1er novembre 1860, à un moment où rien ne faisait présager, pour nous, une fin aussi prochaine.

Le jeune professeur avait pour la poésie française un goût très-prononcé, inclination qui du reste ne s'était manifestée au public qu'une seule fois, en 1860, lorsqu'il publia deux sonnets dans la *Revue des Races Latines* (1).

Le commerce qu'il entretenait avec les Muses était très-

(1) *Revue des Races Latines*, de février 1860, p. 481-482, 4e année, 44e livraison.

discret; car, si l'on en excepte une ou deux circonstances, il s'était généralement plu à cacher la secrète influence qu'il avait reçue du Ciel.

La pièce que nous publions aujourd'hui est le testament poétique et littéraire du fils unique et bien-aimé d'une famille inconsolable, qui a voulu déposer sur sa tombe ce bouquet de fleurs qu'il s'était lui-même formé. Cette pensée sera comprise de toutes les âmes sensibles qui prêteront une pieuse et bienveillante attention à cette voix d'outre-tombe.

C. T.

MENTION HONORABLE.

En 1860, la Société littéraire et scientifique de Castres avait proposé un concours de poésie dont le prix serait une modeste médaille.

A l'appel de la Compagnie 78 concurrents se présentèrent. « Il en vint des villes et des villages; et toutes les parties de la France se montrèrent jalouses de prendre part à ce tournoi littéraire. » M. A. Boutellier entra aussi en lice, et sans en faire part à qui que ce soit il envoya une épître sur *Le Doute*, dédiée à M. Victor de Laprade, de l'Académie française.

L'épître du jeune Dieppois n'a pas obtenu la modeste récompense proposée par la Société Castraise, mais elle en a approché autant que possible, puisque dans la séance du 29 janvier 1861 on lui décerna la première mention honorable.

Nous nous faisons un plaisir d'extraire du rapport de M. V. Canet, secrétaire de la Société, le passage qui concerne l'œuvre de notre jeune lauréat. C'est avec un profond sentiment de tristesse que l'on touche à cette fleur posthume qui n'éclot que sur un cercueil.

« Le doute, dit M. Canet, est le ver rongeur de l'homme et la maladie spéciale de certaines époques. Si la raison le condamne, la poésie a le droit de s'armer pour le flétrir. C'est ce qu'a fait M. Boutellier, professeur à Dieppe, dans une épître adressée à M. de Laprade. Il y a dans cette pièce le souffle d'une âme ardente, éprise du vrai, et pleinement convaincue que la foi fait le bonheur des hommes et le calme des sociétés, comme l'incrédulité, ou cet état d'indécision qui y mène, doit infailliblement préparer leur malheur et accomplir leur ruine. Dans sa course rapide à travers les temps, il a fait ressortir la folie de ces prétendus sages dont le dernier mot, après tant de recherches et d'expériences, a été : que sais-je? et qui doutant de tout, excepté d'eux-mêmes, ont par une incroyable inconséquence, fait affirmer le doute, et semé après eux, partout où s'est étendue leur influence, la stérilité et la mort.

» L'homme qui reconnaît sa faiblesse native et qui n'ose pas compter absolument sur les efforts de sa raison, quelque sincère et quelque haute qu'elle soit, est sur la voie qui mène à la vérité. Il a ce qu'un écrivain célèbre de nos jours se plaignait de ne pas rencontrer ailleurs que dans les conversions religieuses : l'humilité. Mais l'humilité ne consiste pas à douter; elle consiste à chercher. Que l'homme cherche donc par une direction active et persévérante donnée à ses nobles facultés; qu'il dissipe les ténèbres de son intelligence et les égarements de son cœur; et qu'après tant d'efforts, sa science n'aille pas stérilement aboutir à la folie orgueilleuse d'une négation systématique. Ces grands problèmes sont soulevés par M. Boutellier avec autant d'autorité que d'àpropos; et si l'on doit applaudir à la haute raison qui anime cette vigoureuse attaque contre le doute, on est heureux de constater que la forme est digne du fond, et que le mouvement de la véritable poésie s'y manifeste dans tout son élan et avec tout son éclat. La Société accorde à M. Boutellier une mention honorable (1). »

Et le laurier tardif n'ombrage que sa tombe.

(1) *Société litt. et scientif. de Castres (Tarn)* : *Séance gén. publique du 29 janvier* 1861, p. 26-27; 4e année; in-8º de 44 p. — Castres, 1861.

LE DOUTE.

—

ÉPITRE

A MONSIEUR VICTOR DE LAPRADE.

———◦———

...Ubi est Deus eorum!
(Ps.)

Il est trop vrai, Laprade; en ce siècle d'airain
Où l'honneur est proscrit, où l'or est souverain,
Pour la vertu timide il n'est plus de refuge.
L'homme égaré, prenant son caprice pour juge,
Ose jusques aux pieds des trônes immortels
Élever son orgueil, et chasse des autels
Un Dieu qu'il ne croit plus et qu'il redoute encore.
La foi, cette éclatante et radieuse aurore,
Cette étoile de l'âme au céleste reflet
Qui d'un si vif éclat naguère étincelait,

Semble, tant s'obscurcit sa mourante lumière,
De son règne expirant pleurer l'heure dernière :
Et, dans un ciel funèbre où nul astre ne luit
Du doute ténébreux plane la sombre nuit !

Le Doute ! à ce mot seul, si grave, si terrible,
Que l'on semble rêver d'une chose impossible,
D'un légitime effroi mon cœur déjà frémit ;
Mon courage s'émeut, il s'étonne, il faiblit,
Est-ce à moi, pauvre esprit, plein d'inexpérience,
A moi, jeune homme à peine échappé de l'enfance,
Qu'appartient de sonder la nuit de l'avenir,
Et que d'un tel travail le poids doit revenir !
N'est-ce point trop d'audace avec trop de jeunesse !
Peut-être ! mais, vois-tu, l'antique droit d'aînesse,
En vers même aujourd'hui par le temps effacé,
N'est qu'un débris de plus des ruines du passé ;
Il n'est point de rimeur qui ne te le répète ;
Pour moi, je m'en rapporte au mot d'un grand poète.
Je me confie en Dieu pour qui je vais lutter ;
Est-il rien qu'avec lui l'on ne puisse tenter !
Mais si, malgré mes vœux, dès le premier voyage,
Pilote infortuné, je trouve le naufrage,
O Laprade, pardonne au lutteur abattu !
Songe qu'il ne combat qu'au nom de la vertu ;
Que ce nom le protége et lui serve d'excuse !
Plus d'un auteur, hélas ! sur son talent s'abuse ;

Si ma veine s'épuise en efforts malheureux,
Accorde à mon erreur un pardon généreux !

Depuis quatre mille ans, de caprice en caprice,
L'homme affamé de bien, altéré de justice,
En efforts douloureux sans cesse s'épuisant,
Promène des désirs grands comme son néant ;
Et depuis tant de jours qu'il souffre, pleure et pense,
En vain pour assouvir la passion immense
Qui naît avec son âme et ne meurt qu'au tombeau,
A la pâle clarté d'un débile flambeau,
Il va partout, il va cherchant le mot suprême.
En vain, accumulant système sur système,
Égaré sur des mers sans cieux, sans horizon,
Il laisse au gré des vents dériver sa raison
Jusqu'aux bords désolés de la rive infernale,
Il n'a point fait un pas depuis l'heure fatale
Où, las de croire au Dieu qu'adorait le passé,
Sur les débris fumants du vieux dogme effacé,
Il voulut à son tour, lui, vile créature,
Forger d'un Dieu nouveau la céleste nature,
Comme si l'ancien Dieu, le Dieu de vérité,
N'eût été jusqu'alors qu'erreur et fausseté !

Platon ! aigle divin, qui, de la terre impure
T'élances au-dessus de l'humaine nature,
Si haut qu'un œil mortel à peine t'entrevoit.
Descartes, fier penseur au regard calme et froid !

Montaigne ! et toi, Pascal, dont l'effrayant génie,
Frappant par sa grandeur et par son agonie,
Sonda seul de nos maux les mornes profondeurs
Et le pompeux néant de toutes nos grandeurs.
Ah ! dites ; répondez ! vous savez tout, sans doute !
Parlez ! humble et pensif votre disciple écoute !
Vous dont l'œil exercé perce plus loin que nous,
Montrez-moi donc le but que j'y marche avec vous !
Vous avez dû parfois, dans vos veilles sans nombre,
Soulever quelque coin de ce grand voile sombre
Qui cache à tous les yeux l'éternelle clarté.
Du néant, de la mort, de l'immortalité
Vous avez pénétré les sublimes mystères ;
Vous avez parcouru leurs routes solitaires ;
Et sur ces Océans, grâce à vos longs travaux,
Trouvé, nouveaux Colombs, des continents nouveaux.
Eh bien ! pour un instant, des sphères infinies
Descendez ; descendez du haut de vos génies !
Et, prenant en pitié nos remords, nos terreurs,
Guérissez-nous d'un coup de toutes nos erreurs.
Dites, dites le mot de l'énigme éternelle
Qui depuis si longtemps, terrible et solennelle,
Comme un sombre vautour plane au-dessus de nous ;
Oh ! donnez-nous la main pour monter jusqu'à vous !

Mais quoi ! vous vous taisez ! et sur vos lèvres pâles
La railleuse ironie errant par intervalles

Semble dire à mon cœur par ses vœux emporté
Que tout n'est ici-bas qu'erreur et vanité !
Vanité de voler de victoire en victoire.
Vanité de poursuivre une stérile gloire
Dont le tardif laurier ne fleurit qu'au cercueil
Et ne vient qu'à la mort couronner notre orgueil.
Vanité d'entasser et d'entasser sans cesse
Ces flots d'or et d'argent que l'on nomme richesse.
Vanité de chercher en ce monde glacé
Une âme où du dégoût la lèpre n'ait passé.
Mais vanité surtout, et vanité suprême
De prétendre jamais que l'éternel problème
Par l'homme, être imparfait, tel que Dieu l'a voulu,
Malgré tous ses efforts puisse être résolu !

Hélas ! il est donc vrai, vous n'êtes que des hommes
Ignorants comme nous, déchus comme nous sommes.
Malgré vos longs essais, vos travaux de géant,
Vous n'avez plus que nous qu'un peu moins de néant ;
Et frères par l'orgueil, sinon par le génie,
Nous marchons côte à côte au désert de la vie.
Pareils au matelot qui dans l'immensité,
Sur l'abîme entr'ouvert par les flots balloté,
Levant son œil hagard vers un ciel sans étoile,
Veut en vain pénétrer l'impénétrable voile
Qui, lugubre et glacé, sur les cieux assombris
De tous côtés étend ses funèbres replis !

Le Doute! voilà donc le splendide héritage
Que nous lègue en mourant le savoir d'un autre âge ;
Et tous ces rois d'orgueil, si brillants et si beaux,
Qui, déchus maintenant, dorment dans leurs tombeaux ;
Ces sublimes docteurs, ces radieux génies
En vain ont consacré leurs longues insomnies
Et le suprême effort de leurs talents divers,
A se chercher un Dieu dans l'immense univers.
Tout est resté voilé pour leur regard débile.
En vain ils ont voulu sur leurs ailes d'argile
S'élever tout à coup d'un vol audacieux,
Et, frayant à leur âme un chemin vers les cieux,
S'arracher pour toujours à cette terre avare ;
Hélas ! ils ne l'ont pu ! comme autrefois Icare,
Leurs yeux, accoutumés à trop d'obscurité,
N'ont pu de l'astre-roi soutenir la clarté.
Et ces géants, saisis d'une terreur profonde,
Furent du haut des cieux précipités dans l'onde,
Qui, d'un lit de rochers leur faisant un cercueil,
De son immensité recouvre leur orgueil !

Et pourtant, si j'en crois et le peu que nous sommes,
Et le peu que je suis, quels siècles et quels hommes !
Nul jamais n'atteignit ce degré de grandeur.
Nul jamais ne brilla d'une égale splendeur.
Eh bien ! pour s'affranchir des misères humaines,
Pour arracher leur âme à ses terrestres chaînes

Et monter jusqu'à toi, sublime vérité!
Que leur manquait-il donc, réponds? — l'humilité.

Oui, si moins confiants dans leur propre faiblesse,
Ils eussent du Seigneur imploré sa sagesse;
Si, jetant à la terre un regard de fierté,
Ils eussent de ses biens compris la vanité,
Et, moins ambitieux d'une vaine mémoire
Dans la tombe avec eux enseveli leur gloire,
Dieu, ce Dieu tant cherché, pour prix de leurs vertus
Eût relevé leurs cœurs par le doute abattus.
Et la foi, ce doux ange aux éclatantes ailes,
Là haut, là haut, bien loin des régions mortelles,
Aurait guidé leur âme échappée au trépas.
S'ils ne l'ont pas voulu, Dieu, ne les punis pas!

Ah! ce n'est pas ainsi, Victor, que le vrai sage
En ce monde souillé veut marquer son passage;
Il sait trop que tout passe, et qu'il n'est point d'orgueil
Qui ne courbe la tête en face d'un cercueil.
Il sait qu'il a besoin d'une auguste croyance,
Et que le dernier mot de l'humaine science,
A quelque profondeur qu'elle puisse arriver,
Est de chercher toujours, de ne jamais trouver.
Aussi, bien moins enflé de sa propre sagesse,
Sur la force divine étayant sa faiblesse,
Il emprunte au Seigneur le secours de son bras;
Il connaît sa faiblesse et ne s'en cache pas.

Il crie à Dieu du fond de son terrestre abîme,
Mais c'est là justement, c'est cet aveu sublime
Qui, malgré tant d'erreurs, de trouble et de néant,
Le relève à mes yeux et me le fait si grand !
Semblable au voyageur qui traverse la plaine,
Loin de ces hôpitaux de la misère humaine,
Que l'homme a décorés du beau nom de cités,
Il marche dans sa force et dans ses libertés.
Il écoute en passant le bruit lointain des villes,
Et son âme est pareille à ces grands lacs tranquilles
Dont l'abîme est parfois si vaste et si profond,
Que nul regard humain n'en peut sonder le fond !

Enfin, quand fatigué de son pélerinage,
Haletant, il arrive au terme du voyage,
Et qu'à l'extrémité de son chemin mortel
Il entrevoit déjà le clocher paternel,
Bien loin de regarder sur la route en arrière,
Il hâte encor l'élan de sa course première ;
Car l'heure sainte approche, et son Père est là-bas !
Amis qu'il chérissait, ne le retenez pas !
Ne versez point de pleurs sur sa tombe isolée !
Laissez monter aux cieux sa grande âme exilée !
Ne va-t-il pas, au sein d'un long ravissement
Dans l'éternel repos vivre éternellement ?

O toi ! chantre divin de la plaine éthérée !
Laprade, sois sans crainte ; une place assurée

T'attend après la mort au séjour des heureux,
Et ta lyre à la main tu t'ouvriras les cieux !
Pour moi, je te l'ai dit, ma muse à son aurore,
Ma muse est une enfant qu'il faut bercer encore ;
Et ce n'est qu'en tremblant, ô poète divin,
Qu'elle osait invoquer ton appui souverain.
Aussi, je crains pour moi la censure publique,
Et dans chaque lecteur je redoute un critique.
De mes desseins pourtant je poursuivrai le cours.
Trop heureux si je puis, par mes faibles discours,
Raffermir dans les cœurs la vertu languissante
Et ranimer du bien la lueur expirante.
Oui, si pareil bonheur un jour m'est octroyé,
De mes humbles efforts je serai trop payé !

Dieppe. — Em. DELEVOYE, imprimeur.